성연 시인선 26

날아 가버린 나비

김강연 시집

도서출판 성연

나는 소풍 같은 길을 걷고 있다. 변천의 시대 속에서 바뀐 것들도 많고 갈수록 농촌은 시대의 물질문명 아래 잊혀 가는 삶의 터전이지만, 아버지와 어머니가 살아왔듯 나는 자연이 준 흙밭에서 하나의 획을 그으며 살고 있다

어린 시절 저승 문턱을 다섯 번이나 넘나들던 나는 얼마나 큰 행운아인가! 문학은 나와는 아주 먼 거리라 생각했는데 꿈과 희망을 버리지 않고 살아왔기에 팔순이 되어서야 등단과 함께 시집을 내게 되어 기쁜 일이다.

지식은 짧으나 한 구절 시에 읊조리며 나서는 소풍 같은 길, 해져 가는 노을 앞 그림 한 점에 나이를 묻고 시 낭송과 함께 아름다운 문인의 길을 걷고 싶다. 모든 아름다운 동행에 감사할 따름이다,

춘향문학. 전북재능 시낭송회, 시와늪 문우 여러분들께 깊은 감사의 말을 전한다

남원골에서 『김강연』 드림

죽네 죽네 다 죽는다고 하네
의사 선생도 간호사도
보는 이 다 죽는다고 말하네
한 생명 떠나가는 길
죽은 듯 잠만 자는 석 달 열닷새
가슴 떨고 있는 피붙이들 그리고 나도
억장 무너진 심정 어디에 비치리오
모진 고통 잊으려고
그 아픔 잊으려고 눈을 감았나
하느님 부처님 조상님 간절한 기도
온 가족 동네 모든 분
눈물 흐른 강이 되었네

『갈림길』 전문

| 1부 |

나는 자유인이다

그대와 나

기억의 먼 곳에서
그대는 나를 부르고
나는 그대를 찾습니다

내가 그대를 찾는 동안
그대는 아주 먼 곳에서
나를 향해 웃어주고 있을 겁니다

나는 그대를 불러봅니다
기억의 문 뒤에서
행여나 그대가 나를 찾아주기를

기다리는 것은 내 마음이고
오는 것은 그대 마음입니다

하지만 나는 오늘도 그대를 부릅니다
그대가 있는 곳에 나의 목소리가 닿기를

오랜 옛날처럼 그대가 나를 찾고
그대가 찾던 그 기억을
나는 기억합니다
그대가 나를 찾던 그때를

고뇌

웃음 짓는 얼굴이나
슬픈 어린 얼굴이나
모두 마음이 고통이어라

눈을 떠도
눈을 감아도
여전히 고통이어라
석가모니여래 사전에
백팔번뇌라 했던가

나의 삶이 고단함으로 지칠 때
고통과 걱정 괴로움을 감추려고
내 마음 나도 모르게
얼굴에 분칠하듯
백지로 도배하듯

내 생활 내 삶의
깨닫지 못한 어리석음으로
고뇌 속에서 허덕인다

갈림길

죽네 죽네 다 죽는다고 하네
의사 선생도 간호사도
보는 이 다 죽는다고 말하네
한 생명 떠나가는 길
죽은 듯 잠만 자는 석 달 열닷새
가슴 떨고 있는 피붙이들 그리고 나
억장 무너진 심정 어디에 비치리오
모진 고통 잊으려고
그 아픔 잊으려고 눈을 감았나
하느님 부처님 조상님 간절한 기도
온 가족 동네 모든 분
눈물 흐른 강이 되었네

거두어 들이다.

거두어들인다는 뜻은 서두른다는 뜻도 된다
입추가 지나면 짠물 콧물로 절였던 여름은 가고
가을은 또 농부들의 곁에 머무르며
알찬 곡식의 가을걷이로
춤을 추어 보라 하겠지
아직도 흙을 뒤적이는 농부의 심전에는
거두어들일 게 많다
내년 봄에 뿌려 보지 못한 씨앗들 그대로인데
무심한 세월 벌써 가을을 보내왔으니
바쁜 일손 더 바쁘게 움직이라는 말인가
뿌린 대로 거둬들이라는
더 냉철 한뜻인지도 모른다
황금물결 누비는 들녘은 희망찬 가을로
보람 있게 맞이하고 싶다
얼룩진 피땀의 보답으로 이 가을을 받아들이며
살찐 행복으로 멋지게 춤을 추며 노래하고 싶다

그리움

아름다운 고통은 그리움이라고 한다
지나면 옛날이 그립고 만났다 헤어지면
만나고 싶어 그립다
부모 형제가 그립고
그리움 속에는 예쁜 사람 따뜻한 사람
차가운 사람 만나고 싶은 사람
헤어지기 싫은 사람 생각하기도 싫은 사람
가지 각 색의 사람이 있다
나이 들어 노년의 길 위에 늙어
누군가에게 그리운 사람이 되고 싶다
내가 다른 사람을 그리워하는 것보다
다른 사람이 나를 그리워하는 사람으로 되고 싶다
누군가가 나를 기억하고 그리워하고 있다면
나는 행복한 사람이다
누군가가 나를 보고 싶어 한다면 이 얼마나 즐거운 일인가
누군가가 나를 따뜻하게 받아들인다면
나는 인생다운 인생을 살고 있다
내가 찾아가서 손 내밀어
정성껏 베풀며 그리워하고 있다면
사람들 속에 묻힌 그리움 안고
아름다운 고통으로 살아가도 행복하리라

큰딸 명희야

명희야 명희야
나의 큰딸 명희야
마음 넓고 착한 딸
터트린 꽃망울 향기 같은
내 큰딸 명희야
어찌 그렇게도 의젓할까

큰딸로 태어나
묵묵히 자리 지키며
의젓하게 살아와 준 너
변함없는 미소에
보고 또 보고 싶은
딸 명희야
사랑한다

노을빛 앞에서

해는 저물어 저물어
걸어가는 곳
흰 머리카락 날리며
섣달로 가는 길
노을빛 황혼인가
그림자 스며든다

끊임없이 달려왔던
추억의 발자국들
다가올 것 설명 없어도
휘감아 흔들린다

지나간 것 돌아봐도
오지 않는다
꿈결 같은 그 세월
어제 같은데

해가 먹어버린 칠십여 년
가버린 젊은 날들
노을빛 내 인생
여기 서 있노라

나는 자유인이다

먼동이 떠오르는 아침
새로운 시작으로
하루를 열며 길을 걷는다
훤한 세상
그 발자국들 뒤로한 채
오늘도 어제처럼
그렇게 가고 있다
팔십이 눈앞인데 두 주먹 쥐고
잡았던 것 줄이고
홀 홀 털고 나니
마음이 가볍다
몸도 가볍다
정신이 맑아진다
고향 산촌 맴돌며
동그라미 그리며 사는
나는 자유인이다

나의 아내

농부의 딸로 자라
농부의 아들에게 시집왔다
의지할 곳이라고는
남편과 몇 마지기 전 답과 텃밭
하나하나 가꾸어 가는 일상
발바리 되어 하루가 돈다

1미터 육십
몸무게 사십 키로
왜소한 몸매
먹어도 살찔 줄 모르는
천생 부지런을 앞세우며
살아간 여자
새벽녘 홀로 일어나
오늘도
내일도
발걸음 재촉하는
여인으로 하루를 돌겠지

황혼을 맞이하여

걸어온 길 모르듯
갈 길도 알 수 없지만
황혼이라는 글자를 새겼다
어디쯤 왔을까
뒤돌아보지만 알 수가 없다
삶의 깊이 얼마나 넓고 컸을까
힘 다해 열심히 살아왔을까
마음 다 하여 사랑 했을까
의문의 꼬리가 문다
눈에 들어온 모든 것들 매달고
붙잡아 끌었던 순간들
지나간 추억뿐이다
그렇게 흘러온 것처럼
흘러가고 있는 나
황혼의 길 중심에서
그저 오늘이 있어
내일을 바라볼 뿐이다
내일도 아름답다 생각하며
그렇게 믿어가며
즐겁게 걸어가자

쟁기와 소

논갈이 밭갈이 쟁기 밥 넘어간다
소 몰아 쟁기 보습 지나간 곳
골골이 줄 쳐진 그림
예술 작품 나타난다
워낭 소리 딸랑딸랑
어미 소 휘둥그레 뒤돌아볼 때
이랴 낄낄 어서 가자 재촉하는 주인
밭갈이 논갈이 흙 넘어간다
두리번두리번 어미 소
눈 굴려 새끼 찾는데
주인 목소리
어서 가자이랴 낄낄
다그치는 목소리 들려온다

아내를 보내고

아내 떠난 자리
유품들과 서성이는 그림자
혼자 산다는 것에
외로움이 허전함이 가슴
쓰리도록 아프다
햇살 쏟아지는 대낮에도
밤의 적막 속에서도
싸늘한 겨울을 느낀다
생각나게 하는 그리움이
보고 싶음에 그리워하게 하고
사랑했어도 다하지 못한 말
혼자 지껄인다
자유에 지쳐 쓰러져도
홀로 걸어가다 걸림돌이 없어도
왠지 모르게
그대를 부둥켜안고 싶다

아름다운 삶의 향기

늙어가는 이를 만난다면
세상이 참고와 보입니다
늙음 속에 낡음이 있지 않고
오히려 새로움이 있습니다

곱게 늙어가는 이들은
늙지만 낡지는 않습니다
늙음과 낡음은 글자로는
한 글자 차이밖에 없지만
뜻은 서로 정반대의 길을
달리고 있습니다

늙음과 낡음이 함께 만나면
허무의 절망밖에는
아무것도 남지 않습니다
늙음이 곧 낡음이라면
삶은 곧 죽어가는 것일 뿐입니다

늙어도 낡지 않는다면
삶은 나날이 새롭습니다

어머니

무궁화꽃 같은 어머님
세월이 흘러간 당신의 이마 위에
깊게 팬 골이 너무 많습니다

젊었을 땐 곱던 얼굴
검붉은 색깔로
저승꽃이 피었습니다
지난날의 쓸쓸한 그림자
세월의 바람이 실어다 준 선물인가요
아쉬움으로
서러움으로
수많은 사연 삭히며
살아온 날들이 뼈에 사무치네요
어머님

가녀린 손 꼭 잡아주던
인자하신 어머님이
그립습니다

| 2부 |

날아가 버린 나비

농촌은 지금

전설처럼 내려온 땅
지금은 묻혀가는 적막한 강산
한민족의 전설이
주저리주저리 얼과 혼으로 매달렸던 이곳
현실은 바뀌고 문명의 발달로 사라져간다
순박한 터전, 행복을 추구하며 왔었는데
벌처럼 부지런하고 흙처럼 진실한 삶이
변천의 시대로 고개를 숙였다
농촌은 지금 젊은이도 떠나고
아이들 울음소리도 그쳤다
고향을 떠날 수도 없고
고향을 지키는 늙은이의 합숙소
쓸쓸한 땅-농촌
무인도 외로운 섬
번호표가 다른 번호표를 달고
저승길만 바라본다

'농촌의 현실이 육십을 넘어 칠십 팔십 구십을 바라본 노인들로 회관 방에 모
  여 삶을 유지하고 있다 나 또한 그 속에 끼어 살아가고 있다'

나의 들녘

몇 년이고 이어져 온
어제 같은 오늘이
나를 부른다
푸른 하늘 밑 넓은 들녘
활동의 무대
아 꿈엔들 잊으리오
아프게 가버린 세월

넓은 들녘 벌에 내민 그리움
소박한 꿈을 심었다
오늘도 꿈 잡고
풀밭에 앉는다
생명줄 같은 고향 땅
초록 바다는 어머니의 가슴
풀 향기 살포시 안고
이곳저곳 춤추는 나비

날아가 버린 나비

봄날의 나비처럼 날아다니며
일구어온 땅
논으로, 밭으로 들쑤시고 다녔던
당신이 남기고 간 땅의 선물
주저리주저리 널려있네

내 손 어루만지며
미안하다 고맙다 고생한다
불쌍하다 눈물 흘리네

누운 채 천천히 세상 구경 끝낸 듯
저승길 향한 당신
가슴에 품은 사연
내 손 놓고 멀리 떠나가 버렸네

나 역시도 세상 끝나는 날
당신 찾아가 저승에서 만납시다
그때 손잡고 걸으면서
못다 한 이야기 해주시구려

나무의 삶

봄이 오면
숲이 우거진 듯
무성한 잎
꽃은 피고

여름 장마와 태양
불볕더위로
아지랑이 피는 꿈

단풍으로 떨어지고
가을 결실은
알몸이 된 자태

추운 겨울
두렵지 않은가
외롭지 않은가

앙상한 가지에
눈송이 날리고
굳건한 자세로
푸른 잎을 위해
봄을 기다려야겠지

나의 발걸음

등 낙원 봄의 뜰
파란 하늘 초록 풀잎
어디선가
휘파람 소리 들린다

어제도 오늘도
오르고 내리던 곳
봄이 오면 꿈과 소망이
도사리고 있다

이 화창한 봄날
까치, 참새, 비둘기
날아오르고
푸른 풀밭에
희망처럼 함께 살지요

춤추는 노래
봄은 깊어지고
발걸음은
희망을 딛고 쫓아다닌다

눈물의 정체

고남산 자락 산촌은 높고
촌색시 시집와 부부 되었네
한 가정 꾸려가는 험난한 세상
풍상 헤치는 가난

고운 얼굴 가녀린 몸매
선함과 착함으로 내세운 몸부림
가지가지 고통 매달고
망가져 가는 몸뚱어리
이기지 못하고 쓰러진다

서른아홉 젊은 날의 호소
실낱같은 생명줄
기운 빠진 식물인간
목숨줄 잇기 위해
기대는 당신

슬픔을 끌어안고
혼신 일체 불어넣는 정성
한숨과 서러움 속에서
당신은 내가 되고
나는 당신이 되어봅니다

다시 눈 뜬 사람

죽는 듯 눈감고 석 달 열하루
암흑 속에 헤매던 천사 같은 여인
눈 뜨고도 멍한 시간 들
훈장 단 일급 장애인이란 대명사
지난날 그리워하는 마음
눈물은 설움 안고 돈다
이 악물어 버티고
끊임없는 노력
충실한 인내가 가져다준 선물
오늘에 기대며 반신불수의 몸
좋아져 가는 육신
한발 두발 떼는 모습을 보며
내일은 걸을 것이라는 희망

단풍잎

고운 잎으로 물들어
잊지 않고 찾아왔구나

하늘 높은 자리 그 밑에서
숨소리 죽이고
곱게 차려입는 모습
이날을 불태우는가

흘러가야 하는
계절에 머리 숙인다

나도 너 따라
고운 비단옷 입고
이 가을 보내노라

등 뒤에 그림자

"내 등이 좋아"
"응 당신 등이 따뜻해 밖에 나오니 좋아"
"춥지는 않아" 끄덕이는 고개
"여보 당신은 휠체어에 앉아 있어"
"끄덕끄덕"
"밭에서 일 좀 할게"

흙을 고르고 삽질하고
한번 쳐다보고 또 쳐다보며 일할 때
나를 물끄러미 쳐다보는 아내
봄 여름 가을이 머물러 있는 농장
햇살이 밝아 별도 부러운 듯
농장 곳곳에서 행복을 줍던 시간

우리 부부는 무언의 그림자
언제쯤이었을까 부서지는 모란
허물어진 육신이 힘에 겨워
앞마당 빨랫줄엔 당신의 몸치장 옷들로
휘감겨 하루가 멀다 하며
손잡고 걸어보던 당신에 추억
내 등에 업힌 당신은 그림자가 되었다

당신의 묘 앞에서

걸음을 보채듯 수많은 날
당신이 안고 있는 슬픔과 그리움

한껏 지울 수 없는 천성
인정의 불꽃 눈물로 물든 희망의 눈빛
내 가슴 속을 그림자처럼 파고듭니다

그대 떠난 지금
무덤 앞에 서서 가슴 아프게 다가오는
잊을 수 없는 당신의 영상

애틋한 사랑으로
서로의 눈물을 닦아주던 그 짧은 순간
너무나 행복했습니다

그대 잠든 묘역에
뉘엿뉘엿 무심천에 떠오르는
저녁노을이

오늘따라
착하고 예쁜 얼굴 비추어주듯
붉게 물들었습니다

봄 동산에서

아내와 등 기대며 일구어 온 텃밭
봄햇살 퍼지면 두엄 깔고 씨 뿌리고
거북손에 호미자루 하루 해가 저문다

매화꽃 살구꽃 터지는 소리
잡았던 손 놓아버린 아쉬운 비련
실개천 흐르는 여울 물소리 여전한데

아내가 남기고 간 자리
홀로 가꾸어 가는 빈 가슴
그리움으로 스며드는 봄바람

고하도

바다 위의 다리
고하도 이십 리

한 줄의 선
태초의 문명과 만나는데

유달산
시야 속

삼학도 저편
구름 혼자 외롭다

용머리 하늘 향한
갈매기의 날갯짓

나의 마음
유달산에 잠재운다

잊혀 가는 걸까

엊그제 꿈 많던 소년이 청년이 되고
산다는 것에 쫓겨
발버둥 치다 보니
주름살 잡히고 백발이 되었다
어찌하랴
결국 죽으면 세평도 안되는 땅속에 묻힐 텐데
살아온 날 중
무엇을 위하여 열심히 살아왔던가
나보다 남에게 보이는
나를 향한 소비된
그 시간이 얼마였던가
즐겁고 행복했던 시간보다는
힘들고 서러웠던 날들이
수없이 많았던 것 같았다
아픔과 욕망으로 인해
못다 한 일들이
아쉬웠던 미련들이
잊히고 묻혀가고 있기에
못내 아쉬움으로 남는다

청춘

청춘의 깃발
당신은 내 손잡고 나는 당신 손 잡고
젊은 날의 깃발 높이 들었다

수많은 날 씨뿌리고 가꾸어 온 정성
어디까지 왔을까

부둥켜안은 인고의 세월
너무나 힘든 나날들 외로움이 늘어난다

쓰린 가슴 상처투성이로
마음은 언제나 불안

깃발 내리고 걸어온 오십여 년
손 놓칠세라 넘어질까 쓰러질까
잡은 손 놓지 않는다

| 3부 |

백발 노장

무언의 희망

긴 날의 여운이 멀어지듯 가까워진다
한 장 남은 달력 위로 사라져 가고 있다
순백의 세상 겨울이 사라져 가고 있다
제철을 잃은 생명들 발자취 어디로 숨겼나
바람 따라가 버렸나
자연의 섭리가 그려놓은 풍경
허공 하늘 휑하니 매달린 겨울 여백도
육신을 되살리는 안식처
미련과 아쉬움으로 남은 건
밀려오고 밀려가는 순환 점에서
흘린 땀방울들이 바람 소리 그립게 하더라
솟구쳐 오른 무언의 희망으로 꿈꾼다

문패

부모님이 살던 곳
고향 그리워
고향 땅에 머물며
지켜온 천직의 농부
젊은 청춘의 호소
잘살아 보자고
어울려 손잡고
꿈을 키워가며
가난을 헤쳐왔던 길
칠십여 년 앞장서서
가꾸어온 삶
오두막에 터 잡아
옮기고 보태어 넓혀온 집
옛 문패 내려지고
새로운 문패
농촌 지도자의 집 김강연

봄바람

이월이 밀어다 붙인
삼월 바람
봄이 열리고 있다

새벽닭 홰치는 소리
봄 마중 나간다

봄소식 싣고 왔나
만물의 소생 봄을 맞으련다

눈 덮인 땅 위에도
푸른 보리는 자라나고

개천에 버들가지
푸른빛이 일렁인다

바람아

창을 두드리고
사라진 너
강한 힘으로
갑자기 다가와
기다림에 지칠 때
빨리빨리 오라고
소리 높여 외쳐도
외면하고 숨던 너
지금 어디로
자취를 감추려 하느냐

백발 노장

한세상 험난한 길
발걸음 늦추지 안했다

단단히 묶어놓은 시간
책임이라는 짐
등에 업고

버릴 수도 없는 세월
인내로 버티어 온
넉넉한 웃음

고개 숙여 낮추고
걸어오다 보니
어느새 백발 노장

"칠십을 넘게 한 우물 파서 마시듯 동네 분들과 어울려 지내다 보니
　팔구십을 넘은 어른들을 따라온 모습의 형상"

병상의 노래

수면제 진통제 온몸에 스며들고
주렁주렁 링거줄 몸에 매달고
엎어지고 뒤집히고
수술대 위 칼바람 소리
아파보니 알겠더라
고통보다 더 귀한 건
살기 위한 몸부림
하루해가 짧아도
길게 걸어온 내 인생
고통의 힘 밀려와도
건강을 회복하고자
"약 보따리 챙겨"
다독이는 몸뚱어리
운동은 필수 조건이라 하네

부활시킨 농심

새벽 맑은 길
심호흡 한껏 들이켜
마음 열어젖힌다

둘러매고 나간 땅
삽으로 두들기며
온몸 던져
한 해를 땅에 묻고
주워 담으려 한다

거둬들이는
분주한 시간 들
농심의 본능일까
어깨에 메고 손에 들고
한 해를 채워 간다

지친 몸은 결실로
토실토실 살이 찌고
마음 쏟아부은 열정이
한 계절을 부활시킨다

백일홍

농장 후미진 곳
백일홍 피었다 진 꽃
석 달 열흘 핀다 하여
백일홍이라 불린다

애지중지 키웠던 20년
한파 추위로
이백 주가 몰살했다
아쉬움이 가슴을 때리네

한번 잡아볼까 했던 욕망
이천여만 원 손실
어찌하랴
내 복이 여기까지인걸

자연의 섭리 속에
살아가는 나
또 다른 희망을 꿈꾸며
웃어야지

발자국

길 위에 새긴 발자국
몇 걸음이었을까
희로애락
삼천리 방방곡곡
몇 걸음이었을까
마른 땅
진흙땅
몇 걸음이었을까
모퉁이 돌면
칠 십리 길인데
어디로 갔을까
그렇게 살아지려나
내 발자국

소생의 기쁨

뜬구름 돌아오듯
다시 태어난 생명
환희의 기쁨 기억 되찾고
눈물이 눈물을 달래주는
혼신의 일체
당신은 내가 되고
나는 당신이 되는 한마음
천만다행의 북소리
둥둥 울리고 싶다
반신불수의 몸
흘리고 흘린 눈물
말 없는 당신
당신의 손을
꼭 잡고 있습니다

세월 따라간 아내

사월 봄바람 불면 여미는 곳
어머니가 호밋자루 잡고 놀았던 텃밭
며느리 손에 옮겨지더니 시어머니 닮아갔네
목련 꽃같이 순박하고 수줍은 새색시
장미꽃같이 예쁜 얼굴로 눈부시게 내딛던 발자국
세월 속에 묻힌 아내
잠 깨어서 옆을 보니 세월 속의 꿈이었나
어느새 어머니 따라 이생을 지내온 모습
망가진 백발 몸짓의 치장이었네

세월

어느새 점 하나 찍고
구비길 돌다 보니 칠십의 중반
젊은 날엔 그저 앞만 보고 뛰었다

봄날 산에, 들에 피는 꽃이
고운 줄 곱다 하지 않았다

삶이 부딪치고 씻기다 보니
조금씩 느껴지는 건
이것이 인생이라는 것

인연의 끈 깨닫는 속에
모두가 눈에 들어와 아름답고
소중하다는 걸 느낀다

새겨지는 별

살아온 길 만남의 인연 오십여 년
손잡아 걸어온 길 눈이 시리도록 사랑합니다
어제도 오늘도 우린 무거운 짐 그렇게 들었지요
그대 내 마음속에 살고 있느니라 생각하면
나는 즐거운 것입니다
그리워하는 마음 붙잡고 싶은 마음 그대가 있음으로
인생은 한편의 꽃이요 우주는 한편의 시입니다
흐르는 미소에 소리 없이 부서진 모란
일월의 정인 듯 두 눈에 감추어져 있는 맑은 정체는
백 세의 청풍이요 풀어 떨어진 명주라
입에서 떨어지는 옥 음은 천고의 비곡이다
아 순박하고 청순함이여
그 긴 날 무너진 육신
상처투성이 껴안고
고운 심성 배려의 손길 늦출 줄 몰랐네
촛불 밝히는 아름다운 미덕 너무 고와서
내 마음속에 별이 되고 달이 되고
햇볕처럼 따뜻한 천사였네

*하년: 어느 해.

쌀밥 한 그릇

이어져가는 생명줄 농부의 마음
반겨 손을 잡은 모종으로 가꾸던 정성
논으로 시집을 가고
정성은 푸른 싹으로 기대며
우러러 하늘을 본다

햇살을 받으며 푸른 꿈 지은 죄없이
제자리를 지키는가
병충해 비바람에 지쳐 쓰러져도
제 몸에 서러움을 덮는다
긴 햇볕 지나온 6개월
이삭 모가지 축여 올리고
익어가는 제 몸 고개 숙인다

가을 하늘 색깔 변한 그리움
넓은 사랑 우리들의 식량
하얀 쌀밥 한 그릇
농부의 마음 채워가는 기쁨이다

이것도 행복

생명줄 부여잡고 죽어가는 그대
간절한 소망 살아나소서
고통과 슬픔의 정체 견디어 온 인내
뼈를 깎는 아픔 바라보는 저승길
한숨의 고비 위기의 연명
이 순간도 행복이다
심장 뛰고 눈뜨고
감격의 기쁨 이것도 행복이다
죽음에서 깨어나 바라볼 수 있는 눈길
위기를 넘어선 고비 천만다행이다

| 4부 |

바람이 분다

용북 12회 동창

우리들이 자라난
어릴 적 추억
그리워라
그리워라
우리는 가난했던 시절
보리밥
고구마로
감자로 끼니를 때웠어도
명랑하고 씩씩하게
우리들은 자라났다
쌀밥 한번 못 먹어도
불평 한번 안했다
힘들어도 견디고 견디며 성장한
소년 시절의 친구들
눈비 내리는 오솔길에서
푸른 꿈을 키워 왔다
모였다 헤어지는 오십여 년 시간의 길
할아버지 할머니가 되어
우리들은 다시 만났다
삼년 고개 추억 그리며

기억의 무대

보일 듯 보이지 않는 먼 곳
그대는 나를 부르고
나는 그대를 찾습니다
내가 그대를 찾는 동안
그대는 나를 향하여 웃고
나는 그대를 부릅니다
기억의 문 뒤에서
비바람이 부는 날에도
눈보라가 몰아치는 날에도
행여 나를 찾아주기를
기다리는 것은 나의 마음
나를 찾아오는 것은
그대의 마음입니다
나는 그대를 부릅니다
오래된 옛날처럼
그대에게
내 목소리가 닿기를
그대가 나를 찾고
내가 그대를 찾던 그날을
나는 기억합니다
그 시절의 찬란했던 그때를
오래도록 기억합니다

하직

떠나가네 떠나가네
37년의 병고 끝내고
천사되어 날아 가네

깊은 꽃잠 들어가는 길
아들 딸 셋 사위
아홉 손주 내가 보는 앞에
예쁜 미소 편안한 잠으로

일곱 매듭 묶여
관속으로 들어가네

찌든 때 고통 잊으려고
하직의 인사로
그 많은 이들의 명복 빌어 받아
꽃길 걸어 영원히 가네

깨달음

학문은 배우고 익혀가면 될 것이다
연륜은 반드시 밥그릇을 비워내므로
채워진 것과 같고
나이는 거저먹은 것이 아니다
노년의 아름다운 성숙
성숙은 깨달음이고
깨달음에서 지혜를 만나는 것이다
손이 커도 베풀 줄 모르면 미덕의 수치요
발이 넓어도 머무를 곳이 없다면
부덕의 소치
지식이 겸손을 모르면 무식만 못하고
높임이 낮춤을 모르면 존경받기 어렵다
세상이 나를 힘들게 하는 것이 아니라
내가 나로 하여금 무거운 것임을
사람의 멋이란
인생의 멋이란
깨닫지 않고 느낄 수 없는 것이다
보아라 평생을 먹고사는
저 숟가락이 음식 맛을 알더냐
그와 마찬가지로 깨닫지 않고는
인생의 참맛을 알 수 없는 것이다

오랜 친구로 남아있자

살아가는 날들이 어떻게 변할지 몰라도
우리 앞서거니 뒤서거니 계산하지 않는
친구로 가까이 살지 못해도
그저 옆에 있어 준 것처럼 만남의 반가운 친구로
도움이 되지는 못해도 누가 되지 않는 사람으로
또는 무슨 일이 있을 때 한달음에 달려와 주는
허물없이 두 팔 벌려
안아줄 수 있는 친구로 남아있자
우리들이 함께한 추억이 세상사는 기억으로
멀어지지 않도록 서로 만나면 밤늦도록
옛 추억 거리 이야기들로
진한 향기 풍기며 라일락 꽃같이
향기가 짙은 친구로 남아있자
어찌 친구라 해서 늘 한결같을 수 있으랴
늘 곁에 있을 수 있겠냐 만은
따뜻한 사랑과 너그러운 인품을 지닌
진실한 친구로 남아있자
우리 어떤 모습이든 서로 격려하고
변치 않은 친구로 서로를 비추어주는
등불 같은 친구로 남아있자
혹시나 세월의 풍파 속에서
인연이 끊어져 볼 수 없더라도
아련히 떠올리며 미소 지을 수 있는
행복한 친구로 남아있자

中
中
中
김 강 연

나의 놀이터

동산에 계절은 바뀌어도
또 계절 오는 길목
작업장이 내 놀이터다

현실과 꿈의 도전으로
살아나는 곳
더 넓은 동산
자연의 소리 맴돌고
인내는 활동의 무대로 장식된다

매화꽃 살구꽃 터지는 봄
조경수 관상수 유실수가
터를 잡고
나를 부르는 소리
작업장이 내 놀이터

삶의 생활 속에
씨 뿌리고 가꾸어 가는 열정
자연 속 살찌워가는
나의 텃밭 희망을 품는다

바람이 분다

바람이 분다
나뭇가지가 흔들린다
세상 찌든 때
깨끗하게 씻어 가려는지
사흘 낮밤 비가 내린다

하루쯤 맑은 날이더니
긴 긴 겨울밤 사이
소복이 눈이 쌓였다

하얀 마음 가지고
둥글게 살아가라는 듯이
울고 웃고 얽혀 설켜
살아가는 세상
생각이 머문다

예전엔 미처 몰랐다
때낀 세상 무심히 밟아 온 것을
이제야 눈꽃처럼 정직하게
사람들 손잡고

어 울렁 더 울렁 즐기며
남은 인생길
미련 없이 살아가야지

노인 일자리

처음으로 나가본 일자리
수십 년 살아왔어도
농촌 토박이 날품팔이 몇 번이고
내일 네일 품앗이 해도
나는 내 일을 했을 뿐이다
자가 사업으로 사람을 써가며
밤낮 가리지 않는 노동시간 20여 년
달려오다 보니 오십을 넘기고
숫자로 늘어난 사업체 등록
동분서주 위턱 빼서 아래턱 괴고
아래턱 빼서 위턱 괴듯 빚을 내고
갚아가며 또 빚내고
사업자로 동그라미 그렸다
때로는 일군들을 사오십 명
공용해 쓸 때도 있었다
아마 나의 전성기였나보다
목부들도 한 명에서 두 명까지
월급 주며 데리고 있기도 했다
세월 속에 묻혀가듯
뒤안길 쓴 독백의 잔을 마셔야 했고
슬픈 날로 감내하며

하행의 길로 접어들기도 했다
이것이 나의 내리막길인 것도 같았다
뛰어봤자 벼룩이었고
벌려놓은 일들을 정리하고 보니
남은 것은 망가진
내 몸뚱이 아내 몸뚱어리
모은 돈 쌓아놓았다면
내 키보다 높았을까

시란 무엇인가

왜 시를 쓰느냐 묻는다면 어떻게 말해야 할까
구구한 대답은 할 수 없다
그저 좋아서
봄 여름 가을 겨울 노래하는 마음
자신을 지배하기 때문이다
생각하고 쓰는 시는
그 자체가 신비스러운 단어
함축시켜 새로운 세계
감상과 꿈과 이상을 표출해 낸
유쾌한 경험이라는 것이다
시를 쓰거나 그림을 그리거나
시 낭송을 하는 것은
그런 의미도 있지만
나만의 독특한 취미 생활인 것이다
아버지가 처자식을 위한
삶에만 몰두하고 살아오지 않은 것처럼
친구들 따라 구경도 하고
향교에 나가 유생들과 어울리고
때론 시조도 배워가며
풍류를 즐기듯

내가 땅을 넓혀 나가듯
목적에만 그 뜻을 두고
이바지하거나 유도되는 것이
아니라는 사실이다
목적에만 열중해 버린다면
온전한 삶이라고 할 수 있을까
목적에만 이끌리지 않은 씨앗을 넣은
그 자체부터 즐거움을 느끼는
진취적인 시를 쓰는
자세가 아닐까 싶다

귀중한 손 불쌍한 손

어린 손 고사리 같은 손
어머니 젖꼭지 만지며 빨던
예쁜 손가락
살다 보니 손등은 거북선
마디는 울퉁불퉁 나뭇가지 같구나

엄지손가락은 세월에 의한 장애
검지는 마디마디 비틀어지고
중지는 마디가 굵어 문둥이 손가락
무명지는 마디가 잘려 없어지고
약지는 수술에 의한 상처투성이

엄지와 검지 그리고 중지는
내 마음의 삼총사
무명지와 약지는 받침대 역할
마음 가는 대로 따라간 오른손과 왼손
마음 따라 눈동자 따라 움직이는 손가락
잠잘 때나 쉬어나 볼까

칠십 평생 삶의 길 헤치면서
병신 되고 장애 되어 불쌍한 손가락

예쁜 글씨체로 그림 그리고
일손으로 나의 삶을 행복하게 해주는
귀중한 손가락

강행군

언제나 반복되는 생활 속의 일들이지만
힘이 들도록 서둘러 강한 의지의 힘으로 발걸음을 늦추지 않았다
강행군이란 강한 의지로 힘들게 걸어간다는 표현이다
나는 날마다 반복된 생활 속에서
아내 몫과 합쳐 강행군을 실시했다
군 생활 속에서 활용하며 써먹은 단어 들이다
비상 훈련 시 극기 훈련, 도하 훈련, 속보 훈련,
비호 작전 연합 훈련을 통틀어 강행군이라 한다
처져 늘어진 어깨로 손때묻은 작업장을 바라본다
칠십 중반이 된 이 나이에 훌훌 털어 벗어버리고
나비처럼 너울너울 춤추듯
여유로운 모습을 보여주며 자유스럽게 생활하려 했는데
내 욕심과 아내의 욕심을 합쳐 업고 뛰다 보니
나도 모르게 강행군의 길을 걷게 되었다
버릴 수 없는 천직의 농부로 땅을 가꾸는 일들
두엄 썩힌 것 실어내어 깔고
쟁기질에 로터리치고 밭 골타서 씨를 뿌리고 덮어
다른 여러 가지 일들로
하루를 짊어지고 누비었다
아침 5시에 일어나 쌀 씻어 밥 짓기 시작해
아내에 대한 제반 된 일들

상황 따라 청소하며 기저귀 갈아주고
틀니 끼워서 밥과 약챙기고
틀니 빼 씻어 끼워주고
운동을 시키고 빨랫감 빨아 줄에 널고
밥을 먹고 나면 묘시가 된다
서둘러 농장을 들어서니
둘러보는 생각들
평생 몸담아 가꾸어온 터전
고사리 더덕 두릅 개천에 미나리
개밥과 닭 모이 주고 하우스 못자리 관리
봄볕에 심어야 할 잡곡들
이런 바쁜 일들이 나 혼자만 이겠는가
실행을 겸하면서 오늘을 밟고
내일을 행할 발걸음을 옮긴다

나의 고백

외롭습니다
슬픕니다
걱정됩니다
고통스럽습니다

이 모두를 숨기려
글을 쓰고
그림을 그립니다

고통과 외로움
알리지 않기 위해
화려한 그림도
나를 숨기기 위함이고
아름다운 글들도
나를 미화시키는
나는 허상입니다
포장된 위선입니다

외롭고 슬픈 인간이라고
겉껍데기뿐이라고
그렇게 말하고 싶습니다

내 얼굴의 실체도 모르고
깨닫지 못하고 사는
어리석은 사람이라는 것
숨기기 위해
글 쓰고 그림을 그립니다

선친과 조모의 삶 회상_(산문)

부모님 삶을 회상한다. 하늘을 우러러보듯 선친을 우러러본다. 호적에는 '형삼'이시고, 호(號)는 '만정'이며, 이웃에서는 '삼술'로 불리셨다. 선친은 1911년 동짓달 스무사흘에, 나는 1946년 섣달그믐날에 태어났다. 키가 작은 편인 나에 비해 선친은 육척장신(六尺長身)이었다. 한편, 조모는 마음이 넓고 키가 크서서 여장부로 소문이 났었으며 인물 또한 남다르게 훤칠하고 귀티가 철철 흐르셨다.

동네 여자끼리 싸움이라도 벌어지면 조모가 나서서 다 해결해 주던 여장부였었다. 그런 조모의 역할로 억울함이 풀린 분 중에는 달걀을 가져오기도 하고, 복날 닭을 직접 잡아 삼계탕을 끓여 오는 경우도 있었다. 또한 버선을 만들어 오기도 했을 뿐 아니라 명절이면 이런저런 선물 꾸러미를 가져오기도 했다. 그만큼 동네에서는 품위가 있고 위엄이 있는 분으로서 여러 사람들로부터 존경을 받으며 살았다. 그러나 선친은 이러한 조모를 옆에 두시고도 힘들게 살았다. 조부가 없다는 죄로 말이다. 조부는 선친이 세 살 때 고향을 떠나 만주로 가셨는데 그 이후로 소식이 끊기고 고향으로 돌아오지 않았다고 한다. 선친이 네 살 때 조모는 보쌈을 당해 씨가 다른 아들 하나를 더 두셨다.

선친은 대여섯 살 때부터 잔심부름, 논에 나가 새보기, 집에서 불목하니가 되어 가마솥에 불을 때며 소죽을 끓여 먹이며 꼴망태 메고 풀을 베러 다니는 등 종이나 머슴처럼 사셨단다.

아버지 없는 설움 속에서 눈물 콧물 흘리며 어린 나이에 소죽 끓이고 심부름과 청소를 하셨다는 얘기다. 논둑과 밭둑에 꼴망태 메고 나가면 땅에 질질 끌리기 때문에 어깨가 아닌 이마 위에 끈을 매고 다니며 풀을 베어 왔다고 했다. 당신이 가는 논둑이나 밭둑마다 눈물이 안 떨어진 곳이 없었다고 회상했다. 내가 열여섯 살 때쯤 선친께 불만을 털어놓자 들려주신 말씀이다.

서럽고 고달팠던 어린 시절을 잘 버텨 오신 선친은 나이를 먹어 가면서, 남다르게 기골이 장대해지고 기운이 장사가 되어 갔다고 했다. 그래서 일제 강점기인 왜정 말엽 남원 사매면 힘자랑 대회에 나가서 1등을 했던 적도 있다고 했다. 선친이 19살 때 조모와 함께 당신의 의붓아버지 집에서 나와 독립하였으며, 그해 가을에 선비(先妣) 다시 말하면 어머니와 결혼하여 일곱 남매를 낳아 키웠다. 내 위로 형이 네 명이나 홍역으로 명을 달리했기 때문에 따지고 보면 나는 열한 번째 아들인 셈이다.

내가 다섯 살 먹었을 때 죽었다가 살아난 적이 있다. 무엇인가 먹은 것이 급하게 체해 조모께서 담뱃대 속의 댓진(니코틴)을 빼내어 물에 타 먹이려고 했단다. 그런

데 안 먹으려고 발버둥을 치자 셋째 누님이 팔을 붙잡
고 코를 쥐고 마시게 하려다가 폐에 물이 들어가 그만
인사불성이 되어 버리는 사달이 발생했더란다. 그렇게
의식을 잃은 상태에서 살아날까 싶어 사흘을 기다렸으
나 끝끝내 깨어나지 않자 할 수 없이 밖에 내다가 묻으
려고 했는데 손가락이 움직이기 시작하더란다. 그런 나
를 업고 선친께서 20리 나 되는 먼 곳에 있는 약방을 찾
아가서 겨우 살려냈다고 했다. 그 후에도 몇 번을 더 저
승 문턱을 넘나들었다. 후유증 때문인지 말도 제대로
하지 못하고 학교 다니면서도 공부도 꼴찌에서 맴돌았
다. 선친은 이러한 내게 "너는 머리가 안 좋으니, 도시
에 나가서 살기보다는 내 뒤를 이어 농사를 짓는 게 나
을 것 같다."는 말씀을 하셨다. 내 생각에도 그게 좋을
것 같아 선친의 뒤를 이어 농사꾼이 되었다.

선친은 글을 따로 배운 적은 없지만 심부름하면서 서
당을 왔다가 갔다 하다가 유생들 글 읽는 소리를 듣고
이를 머릿속으로 따라 외우는 식으로 글을 깨치셨다고
했다. 똑똑했고 부지런했으며 일도 열심히 하셨다.

시원시원하게 어른들의 시중도 잘 드셨기에 여러 사
람들로부터 칭찬을 많이 받고 예쁨도 많이 받았다고 회
고하셨다. 근면 · 성실했기에 주위 사람들의 신임이 두
터워 도와주는 분들이 많아 빨리 자리를 잡고 돈을 모
아 땅을 많이 사들일 수 있었다는 회상이었다.

당신의 부모에게 물려받은 것이라면 육신이 전부로서 그 외에는 지푸라기 하나도 받은 게 없으셨다고 했다. 한편, 외조부와 외조모는 일찍 타계하셨고 외숙은 일본에 끌려가서 소식이 없었다고 했다. 그런 상황에서 외조부의 위토답(位土畓)으로, 이모님들로부터 논 270평 정도를 물려받았다는 얘기였다. 그것을 바탕으로 살림을 일궈 오신 것이다.

그렇게 세월은 흘러 선친은 당대에 논 100마지기와 밭 2만 평을 사들이고 동네에서 세 번째 가는 큰 부자가 되셨다. 그러나 그것도 일본 놈의 등쌀에 공출로 빼앗기고 빨치산의 등쌀에 논 팔아 소 사놓으면 몰아 가 버리기를 반복되었다고 했다. 게다가 딸들 시집보내고 큰아들 학비 대느라 많은 금전을 쏟아부을 수밖에 없는 형편이었다고 한다. 엎친 데 덮친 격으로 빚보증을 잘못 섰다가 60여 마지기 전답이 몇 년 새 날아가 버렸다. 그러다가 결국은 있던 재산 다 날리고 빚에 시달리게 되셨다고 했다.

이렇게 가세가 점차 기울어가는 와중에도 선친은 대장부로서 배짱도 좋으셨던 것 같다. 오두막집에 살면서도 동네 중앙에 집 한 채를 사서 헐어버리고 옛날 부잣집같이 네 칸 접집(겹집)을 3년 동안에 걸쳐 지었을 뿐 아니라 사랑채까지도 지었다. 사랑채에는 사람들이 항상 들끓었다. 힘들게 사시면서도 누구 하나 박대하지 않으셨다. 어찌할 수 없을 정도로 곤란한 지경에 처해

서도 내색 한번 하지 않은 그릇이 크고 아량이 넓으셨던 선친이다!

　우리 마을을 지나다가 해가 저물면 사람들이 우리 집 사랑채에서 묵어가곤 했다. 동네에서도 잠도 재워주고 밥도 주는 집이라고 우리 집을 가르쳐 주었단다. 그 시절 이런 에피소드가 있었다. 당시에는 거지나 동냥아치를 비롯한 넝마주이 등이 이집 저집 떠돌아다니며 밥 얻어먹으며 살아가는 경우가 흔했다. 그런 사람들이 우리 집을 찾아온 어느 날 아침에 셋째 누님이 바가지에다가 밥을 퍼다 주는 모습이 눈에 띄었던 모양이다. 그 모습을 유심히 지켜보시던 선친은 곧바로 셋째 누님을 불러다 앉혀놓고 조용히 타이르셨다.

　"사람은 다 똑같은 것이란다. 저런 사람을 불쌍하게 여길 줄 알아야 복을 받는다. 그리고 사람 차별하는 것은 몹쓸 짓이다. 아버지 말 명심해서 듣거라."

　라고 이르신 뒤로는 바가지에다가 밥을 퍼다 주지 않고 반드시 조그마한 상에다가 밥과 반찬을 차려주곤 했다.

　선친께서는 주변에서 보고 들은 것과 눈치로 어린 시절을 보내며 뼈저린 체험을 했기에 사람의 귀천이 없음을 일찍부터 깨우치신 것 같았다. 인자한 듯하면서도 근엄하셨고 남들에게 배려와 용서를 아끼지 않았다. 그리고 뭘 하시든 항상 생각이 깊었다. 인물 또한 출중했을 뿐 아니라 말씀도 잘해 어느 곳에서나 여러 사람 가운데 중심에 서 있었다.

면장이나 지서장을 비롯해 우체국장이 새로 발령받아 오거나 다른 임지로 전근을 갈 때면 늘 먼저 선친을 찾아와 인사를 드리고 가곤 했다. 무에서 유를 창출한 사람이라고 여러 사람들이 말했다. 친구도 많았으며 여러 사람들로부터 존경을 받으며 삶을 누렸다. 농사를 짓고 살았지만 연구하고 손수 발명했던 농기구를 사용해 편하게 일을 했다. 농사도 복합영농을 했기 때문에 항상 바쁘게 생활했다. 전성기 때는 일꾼을 2명이나 두고 농사를 지었다. 한때는 대율리 논을 몽땅 사들인다는 말과 함께 농학박사라는 칭호도 들은 적이 있다.

부모님에 대한 효성도 지극하여 효자 아들이라고 소문이 났었다. 출타했다가 돌아오면 조모를 안방에 앉히시고 마루에서 큰절을 올리며 "잘 다녀왔습니다."라는 인사를 꼭 드렸다.

조모는 어린 나를 무척이나 예뻐해 주셨으며 내가 군대 가기 전까지 같은 방에서 잠을 잤다. 조모 때문에 어렸을 때 내가 죽었다가 살아났기 때문이었을까? 조모의 사랑을 누구보다 듬뿍 받고 자랐다.

선친 사후(死後)에 김영삼 대통령 시절 '조상 뿌리

찾기 운동본부'를 통해서 조부의 행방을 정확하게 확인할 수 있었다. 조부가 '김철' 독립 투사라는 사실을 알게 되었다. 만주에서 26명으로 독립단을 결성하여 활동하시다가 일본 헌병한테 붙잡혀 사형을 당했다는 역사적인 사실을 확인했다. 1989년 1월부터 광주에 살고 있는 형님 앞으로, 국가보훈처로부터 연금이 나오고 있다.

　어렸을 때부터 선친과 나를 아시는 동네 어른들께서, 너는 도저히 선친을 따라갈 수 없다고 말씀하시는 것을 종종 들어왔다. 그럴 때마다 부끄러운 생각도 들었으며 선친을 따라가지는 못하지만, 선친의 인격과 인품에 먹칠은 하지 않겠다는 생각이 마음 한구석에 늘 자리하고 있다. 내 양친이 걸어오신 발자취를 회상하며 선친의 뒤를 이은 아들로서 부끄럼 없는 삶을 살고자 나름대로 최선의 노력을 하고 있다. 꿋꿋하고 당당하며 구김살 없이 밝은 미소로 남자답게 기죽지 않고 살아오신 선친을 본받아 나 또한 당당하게 살아가고자 노력한다. 나와 연결된 사람들을 이해하고 배려하며, 존중하는 마음으로 선친의 발자취를 따라가고자 함이다.

불구덩이 같은 삶 속에 꿈

　　세상 사람들은 불구덩이 같은 현실을 헤쳐 나가며 나름의 꿈을 꾸며 살아가고 있다. 나 역시 남들과 다를 바 없는 그런 세상을 묵묵히 따르며 이런저런 인연이 얽혀 삶을 누리고 있다. 하지만 변화무쌍한 시류(時流)나 환경에 순응하는 과정에서 초심을 잃고 흔들리거나 헤어지기를 되풀이하고 있다. 이런 경험이나 세상 이치를 곱씹어 볼 때 우리 모두의 삶은 불구덩이 속을 살아가는 게 아닐까? 라는 생각에 이른다. 세상은 좋든 싫든 내가 선택해 살아온 생이기에 고희(古稀)를 넘긴 지금 지난날을 되돌아보련다.

　　소년 시절 조그마한 소망과 꿈을 미련 없이 내려놓고 선친을 따라 농사일을 시작했다. 삶이 무엇인지 깨우치기 전인 철없던 어린 나이에 나도 모르는 사이에 이미 삶의 불구덩이 속으로 뛰어들었던 셈이다. 그런 세월이 흘러 5년쯤 지난 스물한 살 때 국방의 의무를 위해 육군에 입대했다. 그 당시 군복무 기간은 3년이었는데 무사히 마치고 제대했다. 고향에 돌아오니 형제들은 각자 살길을 찾아서 고향을 떠나고 없었다. 결국 병고에 시달리며 농사를 짓고 계시는 부모님뿐이었다. 자식의 도리로 부모님 부양책임을 짊어지고 집안일과 농사일을 꾸려 나가야 했다. 한창 젊은 혈기로 어떤 일이든 해낼

수 있는 패기가 충만한 젊은 시절이었다. 맨주먹의 사나이가 되어 1971년도 무렵에 살았던 삶의 회상이다.

　농사일로 정신없이 살아가던 중에 부모님의 적극적인 주선으로 혼인하고 가정을 이뤘다. 아내의 성이 최씨란 것만 알고 있다가 결혼했다. 그 당시에는 그렇게 장가가고 시집가는 사람들이 심심치 않게 있었다. 농촌 생활은 대부분 농사 몇 마지기이기에 먹고 살기가 빠듯했다. 겨울엔 농한기로 땔감을 구하기 위해 이 산 저 산으로 다녔다. 별일이 없을 때는 젊은이들은 사랑방에 모여 술 내기 화투나 치면서 겨울을 보내기 일쑤였다. 하지만 혼인을 한 가장으로 가정을 꾸려 나가야 한다는 무거운 짐을 진 것 같은 압박감이 엄습해 오기도 했다. 그 같은 심리적 갈등 때문에 '이대로 살아가야 할 것인가? 아니면 새로운 삶을 찾아야 할 것인가?'라는 고민이 늘어만 갔다. 용기와 결단이 필요한 시기였다. 부모님처럼 고생고생하며 살고 싶지는 않았기 때문이었다.

　그냥 적당하게 세월을 보낸다는 것은 나 스스로에게 용납이 안 되었다. 두 주먹 불끈 쥐고 결심했다. 남자로 태어났으면 떳떳하고 당당하게 보란 듯이 살아 봐야 되지 않겠느냐고 스스로 다짐했다. '젊음이 있고 꿈이 있고 희망이 있다.'라는 생각하며 살아가는 자신이 되자고 다짐하고 나서서 마음을 다잡은 뒤에 참답게 살기 위해 모두걸기를 했다. 농사와 병행하여 남는 시간에 종종 날품팔이 노동을 하며 꿈꾸는 공작새로 변신해 갔다.

황무지를 옥토로 만들기 위해 온갖 노력을 하면서 꿈을
키워 왔다. 누구에게도 일손을 빌리지도 않고 스스로
해냈다. 한 해 한 해 농사를 지으면서 틈틈이 품팔이로
모은 작은 돈으로 맨 먼저 뽕나무 묘목을 구입하여 오
백여 평의 밭에 심었다.

　그뿐만이 아니었다. 아내에게 농사일을 떠맡기고 사
업을 해 볼 요량에서 양봉을 배우기 위해 양봉업자를
따라다녔다. 그때부터 가정을 등한시하며 떠돌이 생활
이 시작되었다. 손에 움켜쥔 것이 있어야 뭐라도 시작
할 수 있었기 때문이었다. "젊어서 고생은 사서 한다."는
속담도 있지만 벌통을 옮겨 가면서 야영 생활을 한다는
것은 결코 쉬운 일이 아니었다. 꿀을 따서 내다 팔면 교
통비를 쓰고 나면 남는 게 별로 없었다. 이런 과정에서
삶이란 만만치 않다는 것을 다시금 깨달으며 쫓겨 다니
듯 발버둥 쳐야만 했다. 그렇게 오가며 3년이란 세월이
훌쩍 지나간 뒤에 떠돌이 생활을 청산하고 집으로 돌아
왔다. 그때 심정을 담아 읊었던 자작시 한 편이다.

나 돌아가리라
비록 아픈 추억일 뿐인
가난한 마을일지라도
아버지 어머니가 살고 있는
고향 집으로

몇 마지기 전답이지만

논밭 갈고 씨 뿌리며
농부로 살아가리라

첫닭 우는 여명과 함께
농사일 시작하고
낮에는 괭이 삽 벗하며
저녁엔 소쩍새 우는 소리
시심을 일깨우리라

황토를 짓이겨 황토방 만들고
솔바람 귀동냥하며
솔잎 갈잎 긁어모아
군불 지핀 아랫목에 발 뻗고
아내와 더불어
삶의 이야기
따스한 가슴으로 살아가리라

김강연 시『고향』전문

　그렇게 집으로 돌아와 본격적으로 농사일에 심혈을 기울였다. 삼 년 전에 심었던 뽕나무의 작은 묘목은 큰 뽕밭으로 변했고 봄누에에서부터 여름누에까지 바쁜 날을 보냈다, 그 외에도 돼지, 염소, 닭, 토끼 등 가축 사육을 병행하면서 복합영농의 꿈을 키워나갔다. 시작은 미미했으나 앞으로의 꿈을 펼쳐가면서 잘살아 보자는 의지로 또 하나의 일을 벌였다. 선후배와 친구 등 동네 청년들에게 손을 내밀었다. 당시 17명이 마음을 함께하기로 뜻을 모았다. 그렇게 "대율리 복합 영농회"라는 이름의 조직을 갖추게 되었다. 모임의 총무로 활동하며 영농회 활성화의 길을 열어 나갔다. 소득 증대를 위한 노력의 발걸음에 불이 붙기 시작했다. 모든 회원이 매우 열성적으로 활동하기 시작했다. 농협을 거점으로 연계된 기관을 찾아다니며 복합영농에 대한 지원을 요청하는 등 내실을 다져나갔다. 시대의 흐름에 따라 전통적인 농업에서 축산에 귀를 기울이며 눈을 뜨기 시작했다. 기회는 '이때다.'라는 생각하며 한 발 더 나가 사매면(巳梅面) 양돈협회를 만들었다. 마을마다 돼지를 키우는 사람들과 사매 양돈협회를 만들어 활동했다. 그렇게 얼마 되지 않아 남원시 전체 양돈협회를 조직했고, 총무로 활동하면서 축산이라는 거대한 뜻을 펼치기 위해 낙농업에 뛰어들었다. 점차 이름이 알려지기 시작했고 사매(巳梅), 덕과(德果), 보절(寶節), 대산(大山) 등 4개 면(面)의 축산 계장도 역임했다. 이렇게 낙농업 집행부 활동을 12년간 했으며 그렇게 걸어온 길 40여 년이 되었다. 고생도 많았지만, 넓은 땅의 소유주가 되었으며 돈도 많이 벌었다.

　흐르는 세월 속에 온몸을 던지며 살다 보니 같이 손잡고 어울려 살아온 사람들이 축산업과 연결되어 있다. 과수 농사, 양돈·양계·양봉, 한우 비육우 낙농업. 하우스 염소, 개, 조경수 등 다양한 직업의 사람들과 얽혀 소통하며 살았다. 반세기를 나처럼 농촌이라는 문화수

준이 낮은 환경에서 사는 사람들과 동고동락하며 살아왔다. 이런 세계를 살아가면서 천둥 치는 날 걸어가다가 벼락도 맞았던 적이 있다. 그렇게 살다 보니 이 업종들 속에서 직업을 바꾸고 또 바꾸어 가며 여러 가지 풍상을 겪는 경험을 했다. 나름 동분서주하며 살다가 세월이 흘러 어언 고희를 넘겼다. 지금 돌이켜 생각하니 그나마 불구덩이 속을 잘 버티어 온 삶인 것도 같기도 하다. 이제는 세상사 모두에 대해 알아도 모르는 척 하고 지낼 것이며, 어떤 논쟁에도 져주는 낮은 자세로 살아갈 요량이다.

소년 시절의 꿈을 조금씩이라도 일깨워 닦으며 공부해 왔으니 이제 남은 여정을 인내로 걸어가리라는 다짐을 한다. 여기에 문학의 세계를 통해 또 다른 세상 꿈꾸는 인연들과 어울려 마지막 배움의 길을 자분자분 걸으며 청정하고 고고한 삶을 누리고 싶은 욕심이다.

선앙대 백사장 추억을 그리며

선앙 대 백사장에 대한 추억 얘기다. 백사장은 대율리에서 서도역 방향으로 흐르는 월평 천에 자리하고 있다. 이 월평 천은 남쪽에서 북쪽으로 흐르는 섬진강 줄기의 샛강이다. 인화국민학교(초등학교)에 다니던 시절 자주 들러 아지트 같았던 백사장인데 경지정리를 하는 과정에서 사라져 지금은 존재하지 않는다. 그런데 젊은 사람들이 도시로 떠나면서 입학할 어린이가 줄어들어 1997년도에 인화초등학교는 자연스럽게 폐교되면서 사매초등학교(巳梅初等學校)에 통합되었다.

국민학교에 입학하게 된 일화이다. 일곱 살 때의 일이다. 누나 학교 가는데, 따라갔다가 그냥 입학하게 되었다. 또래 아이들과 함께 섞여 서 있을 때 선생님이 다가와 순서대로 이름을 물어 보고 적어 가더니 그대로 출석부에 올려졌다. 그렇게 입학 하게 되었다. 아이들이 하는 대로 따라 했다. '영희야! 영희야! 바둑아! 바둑아! 나랑 같이 놀자.' 하면서 학교 다녔다. 원래 인화 국민학교는 사동 방에 있는 서북쪽에 터를 잡아 9개 마을 아이가 다니는 학교다. 여기서 17번 국도를 놓고 동쪽에는 매화 낙지 혈이고 서쪽은 사두 혈이라 하여 사동 방 또는 매안방이라 불렀다. 매화(梅)자 와 뱀 사(巳)자를 따서 사매(巳梅)면이라는 지명이 붙여진 것으로 매안방과 사동방을 합쳐서 사매면 된 것이다. 등교하기 위해 대율리에서 대략 오리(2km)를 걸어야 했다.

등굣길에는 마을 앞에는 마을 수호신처럼 서 있는 팽나무 고목 밑에 모였다. 그곳은 등하굣길이나 외부 나들이 갔다가 돌아올 때나 한여름에는 시원한 그늘이 있어 오가며 들리게 마련이었다. 등굣길에는 상급생 반장이 인원을 점검한 다음에 출발하곤 했다.

"차렷! 앞으로나란히! 바로! 하나둘 하나, 둘"

구령에 맞춰 등교했던 기억이 새롭다. 한편, 등굣길에는 반장이 '새 나라의 어린이'라는 노래를 선창하면 우리들은 "새 나라의 어린이는 일찍 일어납니다. 잠꾸러기 없는 나라 우리나라 좋은 나라"라고 따라 부르며 등교했다. 산과 들을 지나 산자락 하단부에서 다시 논길 밭길을 걷다 보면 오른쪽 산줄기 옆에 외딴집이 있고 그 집 앞을 지나서 30~40m 정도 가면 선앙 대 백사장이 있었다. 신을 빗어 들고 냇물을 건너면 삼거리가 나온다. 거기서 다시 산 하단부에서 한참을 올라가서 고개 하나를 넘어 내리막길을 가다 보면 인화리 사람들의 논밭이 펼쳐진다. 또 논두렁길을 지나면 서북쪽으로 가는 길과 오른쪽으로 가는 길이 있었다. 그 옆을 지나면 산지기 집과 큰 감나무가 있다. 그곳을 지나 모롱이를 돌면 서북에서 남쪽을 바라보면 인화국민학교가 훤하게 보였다.

그 당시는 학생들이 많아 1, 2, 3학년은 오전 수업을 했다. 하교 때가 되면 집으로 오기 위해 서쪽에 있는 정문을 이용하지 않고 선배들이 뚫어놓은 개구멍을 통해서 빠져나오기 일쑤였다. 그렇게 아침에 왔던 길을 되짚어 돌아오는 귀갓길이었다. 남녀 아이들이 삼삼오오 짝을 지어 조잘대며 타박타박 걸어가기도 하고 깡충깡충 뛰어가기도 하다가 언덕에 이르면 삘기(풀잎)를 뽑아 입에 넣어 씹거나 어린 소나무 새순을 꺾어 껍질을 벗겨내고 송기(松肌)를 빨아먹기도 했다. 또한 가위바위보 내기도 하면서 하하 호호 깔깔대며 비틀비틀 춤을 추듯 넘어지기도 하고 뒷걸음으로 걷기도 하며 좋아라 까불까불 다니는 학교 길이었다. 4학년이 되면서 구구단을 못 외워 학교에서 남아서 외우다 올 때가 많았다. 숙제를 빼먹어 회초리로 손바닥도 많이 맞았던 기억도 새롭다. 고학년이 되면서 점심 도시락을 싸 와야 했지만 대부분 아이는 가정형편이 어려워 빈손으로 등교하는 경우가 허다했다. 한편, 책가방이 아니라 책 보따리에 연필과 지우개와 노트 한 권을 싸들고 다니면서 국어 산수 자연 공부하는 내용을 적곤 했었다.

등하굣길에서 눈비 맞거나 언 손을 호호 불면서 오갔던 적이 수없이 많았다. 눈보라 속에 발이 푹푹 빠진 눈길도 걸으면서도 마냥 즐거웠던 것 같다. 봄에는 꽃놀이하고, 여름에는 뜨거운 태양을 피해 매미 소리를 들으며 그늘을 찾기도 했다. 가끔 갑자기 쏟아지는 소낙비를 맞아 물에 빠진 생쥐 꼴이 되어 돌아올 때도 있었다. 월평 천을 지나올 때는 피라미나 붕어를 비롯해 미꾸라지 혹은 방개를 잡아 고무신짝에 넣어 들고 올 때도 있었다. 그리고 선앙 대 백사장은 하굣길에 들리는 유일한 놀이터로 지상천국이 있다.

　백사장 이곳저곳을 뛰어다니며 때로는 종달새 울음소리도 듣고, 꿩 새끼도 쫓고, 산토끼도 쫓으며 가쁜 숨을 몰아쉬기도 했다. 그렇게 자연과 어울려 뛰놀던 곳이다. 달이 가고 계절이 바뀌고 해가 가도 항상 어머니처럼 품어주던 그곳은 추억의 자리로서 동심을 키워주었다. 넓은 백사장은 특이하게 남쪽에서 북쪽으로 길게 펼쳐져 있었다. 삼거리에서 우측으로 가는 길은 화정과 서촌의 뒤편으로 가는 길이 있었고, 그 반대 방향은 덕평으로 가는 월평 천 길이 뻗쳐 있었다. 이곳에서 이동네 저 동네 아이들이 등하굣길에 만났다가 헤어지는 곳이기도 했다. 가끔 화정 아이들과 대율 아이들이 모여서 편을 짜 씨름도 하고 아군과 적군 나누어서 전쟁놀이도 하지만 어쩌다가 사소한 말다툼으로 패싸움도 벌어지기도 했다.

　못 잊는 추억 하나가 있다. 그 당시 나는 뛰어다니기를 잘했다. 비가 와도 비를 맞으며 우산 없이 학교 다녔다. 놀기에 정신이 팔려 숙제도 제대로 하지 않고 등교하여 꾸중을 듣고 벌로 청소를 담당하기 일쑤였다. 체구도 작고 어려 힘에 부쳤다. 장마 때 폭우로 하천물이 불어났음에도 불구하고 혼자 내를 건너다가 떠내려가고 있을 때였다. 대책 없이 떠내려가는 나를 발견한 여자아이 세 명이 하천으로 뛰어들어 서로 손을 맞잡고 있다가 떠내려온 나를 잡아 끌어 올렸다. 같은 동네 살던 여자아이가 같은 학년이지만 2살이나 많은 누님 또래의 친구로 그 고마움은 지금도 내 가슴 속에 살아 있다.

폭우로 하천은 범람하고 물이 불어날 때면 우리들은 내를 건널 때 떠내려가지 않기 위해 책 보따리를 대각선으로 어깨에 메고 세 명이나 다섯 명이 한 조(組)가 되어 선앙 대 넓은 하천을 건너기도 하고 물살이 너무 세면 기다렸다가 선배들과 같이 손잡고 건너오기도 했다. 신앙 대 백사장을 건너서 오던 길 외딴집 앞을 지나 다시 산자락 하단부에서 산 고개를 넘고, 외딴집 모롱이를 감아 돌면 아침에 왔던 길 동편으로 넓은 들이 펼쳐있다. 마을 입구에서부터 쌍갈래 길로 서면 가는 길은 학교로 가는 길이 되고, 동쪽으로 가는 길은 17번 국도(춘향로) 방향이다. 17번 국도에서 남쪽은 남원으로 가는 국도이고, 북쪽으로 가는 길은 사매면(巳梅面) 소재지로 가는 길이다. 남쪽에서 북쪽을 향해 하천이 있으며 양쪽으로 갈라진 넓은 들판들은 대율 사람들의 생명수 같은 땅들이다.

쌍갈래 길은 우리 조상들이 이고 지고 나르는 곳으로 보급로(補給路)이기도 하다. 이 길과 넓은 벌판 위에서 우리들은 살아 숨 쉬는 아름다운 무대를 만들어 가기도 했다. 들판에 곡식이 익어 가면 새를 보는 일이 꽤 많았다. 그럴 때면 "우여! 우여!" 하면서 새 쫓으며 논둑 밭둑을 뛰다가 넘어지기도 했다. 새 막에 개 복숭아를 따다 걸어놓고 메뚜기나 풀 깨비를 잡으며 놀다가 황혼이 질 무렵에야 집으로 돌아오곤 했다. 귀갓길에 몰고 오던 소와 염소를 하천에 매어 놓고 풀 베어 망태에 담기도 하고, 때로는 낫 던져 끝부분이 땅에 꽂히면 이기는 것으로 풀 따 먹기 내기도 했다. 먹거리가 귀하던 때이기 때문에 풋 밀이나 보리를 베어 마른 나뭇가지 모아 불을 놓고 구워서 손으로 비벼서 호호 불며 먹는 밀 서리 혹은 보리 서리를 하기도 했다. 그렇게 어느 정도 배가 채워지면 제방 둑 높은 곳에서 뛰어내려 물장구치며 물놀이했던 경우도 더러 있었다.

가을이면 낙엽을 갈퀴로 긁어모아 지게에 걸머지고 넘고 넘었던 밤 재 마루턱 고갯길에는 애틋한 추억들이 알알이 서려 있다. 이는 선앙 대 백사장을 뛰놀던 추억과 조금도 다를 바가 없다. 마을 앞 하천에 흐르는 물줄기는 기쁨이나 슬픈 소리를 모두 안고 흐르며 위안을 해주었었다. 그렇게 위안을 받으며 가벼운 마음으로 뒷동산을 오르고 내리면서 시름을 잊고 가슴속에 푸른 꿈을 키워나갔다. 이런 모든 애틋한 추억들이 흘러간 세월 따라 흔적 없이 사라졌다.

번개같이 지난 세월의 흔적은 영원히 잊을 수 없는 추억의 노래가 되었다. 산하(山河) 이곳저곳 떼 지어 몰려다녔던 그때 그 시절 친구들은 한동네에서 태어나 성장하고 같은 학교 다녔다. 그리고 같은 지역에서 어울려 이리 뒹굴고 저리 뒹굴며 어깨동무하고 꿈을 키웠다. 그들 대부분이 나보다 키도 크고 힘도 세고 의리가 있었다. 게다가 여자아이들은 예쁘고 귀여웠으며 다들 나보다 성숙했고 자상하고 마음씨가 착하고 순박해 청순했을 뿐 아니라 노래도 잘 불렀다. 그런 관점에서 그들은 내게 용기를 북돋아 주고 희망을 심어주었다. 싱그럽고 풋풋한 솔 향기나 꽃향기가 아무리 진하다 해도 어린 시절 우리들의 동심만큼이나 진할 수 없다는 생각이 든다.

봄 햇살처럼 따뜻했을까? 이 세상 그 어떤 이름다운 꽃보다 더 예쁜 우리의 동심은 별빛처럼 빛나고 보름달 같이 밝았었다. 그렇게 환하고 청순한 친구들의 해 맑은 웃음소리가 지금도 내 가슴에 살아 숨 쉬고 있다. 지금도 꿈결처럼 친구들이 달려 올 것만 같다. 이런 애틋한 추억들을 되새김하며 글을 쓰는 내내 절로 신명이 났다. 그때 그 시절이 몹시도 그립다.

일흔 나이에 문학 입문

　일흔에 이르러 문학에 첫발을 디딘 소회이다. 덧없는 세월을 누리다가 예기치 않게 글 농사에 발을 들여놓았다. 그동안 글 동네 언저리를 맴돌며 어정대다가 선뜻 빠져들지 못하고 빙빙 겉돌았다. 농촌 생활을 하다 보니 제대로 접할 기회가 없었을뿐더러 시간적 여유조차 없었다.

　고희(古稀)를 넘어서 겨우 문학의 길에 입문하여 눈을 떠가고 있다. 우연한 기회에 문학을 하는 지인이 몸담은 문학동아리에 합류했다. 그렇게 회원들과 자리를 같이하고 시를 짓다 보니 자연스럽게 고향의 문학단체인 '춘향 문학'의 회원이 되었다. 늦은 감은 있지만 김동수 지도교수의 적극적인 응원에 힘입어 동료 문인들과 어울려 교류하며 활동을 시작했다.

　고향 남원에 둥지를 튼 '춘향 문학회' 2번째 문집을 발간한다는 소식이 전해졌다. 회원들은 시와 수필을 비롯한 다양한 장르의 글을 활발하게 발표하고 있다. 아직은 모자라고 부족한 처지이지만 용기를 내어 좋은 글을 쓰려 작정하고 습작을 거듭하기 시작했다.

　현실에 도전은 녹록지 않은 삶의 굴레라는 속박에서

벗어나려는 긍정의 생각 발현이다. 하지만 가끔 흔들림에도 보람된 노년의 삶을 위해 굴하거나 포기하지 않고 꿈을 키울 생각이다. 따라서 앞으로 어떤 어려움이 닥쳐도 희망을 잃지 않고 굳건히 내 길을 갈 것을 다짐한다.

오늘 밤에도 지난 추억을 되새김질하며 글을 써 내려가고 있다. 지금은 기억조차 희미한 옛 추억이다. 그럴지라도 어린 날의 애틋함을 회상하며 하나하나 차근차근 그려보기로 마음먹었다. 참으로 아름다운 추억이기도 하지만 한편으로 생각하면 슬프고 뼈아픈 추억들이기도 하다. 지금 이것저것 떠올려보니 세월이 덧없이 빠름을 실감한다. 철부지 어린아이가 어느 결에 칠십을 넘어섰으니 참으로 세월이 무상하기도 하고 야속하기도 하다.

세월 따라 몸도 마음도 변해 가는 게 자연의 섭리인 것을, 삶을 누리며 어찌 그를 거역할 수 있겠는가. 세상의 이치나 천리(天理)를 거스를 재간이 없기에 기꺼이 순응하며 신이 주는 만큼 누리며 노년을 곱게 정리하고픈 마음이다. 그렇지만 질서정연하게 날고 있는 기러기처럼 하늘을 날며 동심의 흔적을 찾아 글을 쓰는 일이 그리 쉬운 일이 아니었다.

얼마 전 봄맞이 나들이로 광한루에 소풍을 다녀왔다. 요천 둑길을 걸으면서 지난 어릴 때 기억이 떠올랐다. 아마 사월 초파일 날(부처님 오신 날)인 것으로 기억된다. 그때 춘향제 행사로 붐비는 시기였다. 할머니 손에 이끌려 곁눈질 해가며 구경했던 추억을 되살아났다. 그 후 국민학교 3학년 때로 회상된다. 또래 아이들과 이 십리 길을 걸어서 춘향제 구경을 다녀왔었다.

　　현재 광한루 거리는 관광객을 유치하기 위해 많은 예산을 들여 단장된 모습이다. 또한 춘향제 행사를 기리기 위해 남원시에서 예산을 늘려 새로운 광한루로 단장하여 찾아온 관광객들이 편안하게 관광을 즐기고 쉬어 갈 수 있는 장소로 개발하고 있다. 옛날 광한루를 비교할 때 현재는 전국 또는 해외 관광객까지 찾아올 정도로 유명해졌다. 해외 관광객은 한국에 아리랑과 남원의 광한루와 성춘향과 이몽룡의 사랑 얘기가 많이 홍보되어 이 지역의 태생으로 참으로 자랑스럽다,

　　오랜만에 나들이를 끝내고 고향 뒷동산 밤 재 길을 향해 차를 몰았다. 서남대학 정문을 지나 지방도로를 이어진 뒤쪽의 밤 재 길로 접어들었다, 그 길엔 느티나무 가로수가 한 아름 이상으로 자라 울창했다. 꼬불꼬불한 지방도로를 따라 올라갔다. 길옆으로 백일홍이 군락을 이루고 있었다. 단풍나무 몇 그루도 선을 보였다. 깊은 골짜기와 산등성이까지 소나무 숲이 빼곡했다. 꽃길을 따라 굽이굽이 돌아 올라온 밤 재 마루에서 차를 멈췄다. 230고지 정도 되는 산으로 여기부터 사매면(巳梅面) 대율리이고, 사매면은 남원으로 들어오는 관문이기도 하다.

사매면은 약 9,807,000평(구백팔십만 칠천 평) 정도를 보유하고 있으며 그중에서도 내가 사는 대율리가 제일 큰 마을이다, 성춘향과 이몽룡의 설화가 17번(춘향로) 국도를 따라 펼쳐지는 곳이기도 하다. 말을 타고 한양 길을 재촉한 이몽룡을 못 잊어, 뒤 밤 재 고개를 넘었다고 한다. 춘향 고개와 팔각정이 있고 박석을 지나 이별하며 눈물 흘렸다는 오리정(五里亭)이 있고 눈물 방죽이 있다. 말을 몰아 달려갔다는 말달리기 고개가 있으며, 눈물을 흘리며 따라가다 넘어지면서 버선이 벗겨져 떨어졌다 하여 버선밭이라 한다. 이렇게 성춘향과 이몽룡의 설화가 담겨 있는 곳이다. 17번 국도를 중심으로 서쪽엔 사동 방, 동쪽엔 매안 방이라 하는데 두 글자를 합쳐 사매면이라는 이름이 탄생했다고 한다.

뒤 밤 재는 남원에 있고, 앞 밤 재는 구례군 산동면 자리 잡고 있다. 옛날에는 남쪽에서 북쪽으로, 북쪽에서 남쪽으로 이 고개를 넘지 않고는 다닐 수 없었다고 한다. 내가 살고 있는 뒤 밤 재는 해발 230고지이다. 사매면 소재지보다 90 이상이 더 높은 곳이다. 어릴 때는 임실 오수 사매 덕과 사람들이 물건을 사러 오기도 하고 물건을 팔 요량에서 이 고개를 넘나들기도 했던 장재길이다. 남원 장은 옛날에 큰 장터였다. 울창한 숲 사이로 남원 시내가 일부분이 보인다. 하늘 밑 이곳이 남원 시민들이 살아가는 삶터이다. 지금 살고 있는 이 자리는 선조들이 한양으로 또는 땅 끝 마을까지 도보로 다니며 넘었다는 고개이다.

　　이름난 장수나 유배를 가던 수많은 학자들이 이 고개를 넘어 다녔다. 우리 마을 사람들을 비롯해서 나와 친구들도 수없이 누볐던 고향 땅 고갯길이다. 이곳이 춘향의 사연을 비롯한 수많은 전설을 안고 있는 고개로 유명한 뒤 밤 재가 되었다.

　　바람결에 흔들리는 수목과 꽃내음 머금고 춤을 추는 솔향이 뒤 밤 재의 아름다운 꽃길을 돋보이게 하고 있다. 올라올 때 이상으로 내려가는 길도 정겹다. 차창 안으로 스며드는 맑은 공기가 몸속으로 파고들어 상쾌하기 그지없다. 농장 앞 지나는 실개천에도 미처 보지 못했던 갯버들이 물이 올라 하늘거리고 있었다. 농장 건너편 산등성이 외딴집 대나무 숲은 불어온 바람결에 사그락사그락 노래하고 있었다. 게다가 농장 안의 산수유도 꽃망울을 터트리고 매화꽃과 살구꽃 향기도 풍성했으며, 백목련도 미구에 꽃망울을 터뜨릴 기세였다. 광한루의 벚꽃 길도 며칠만 더 지나면 꽃이 피면서 상춘객들로 붐빌 것이다. 해마다 철 따라 찾아오는 봄은 자연의 섭리이지만 생각할수록 경이롭다.

　　글의 들머리에서 언급했지만 내가 사는 곳은 남원시 사매면 대율리 일명 한밤이라 불리었다. 큰 동네와 작은 동네를 비롯한 서촌으로 나뉜 세 동네가 각 성씨가 쌍벽을 이루며 삶을 이어왔다. 그런데 이 세 동네가 행정적으로 한데 묶인 법정(法定) 리(里)가 대율리이다. 이 마을에서 태어나 성장했다.

　　대여섯 살 때부터 7살에서 9살짜리 형들을 따라다니며 어울려 지냈다. 가끔 까치집을 짓고 땅 두들기며 손바닥이나 발바닥을 그리기도 했을 뿐 아니라 술래잡기, 말타기, 굴렁쇠 굴리기 따위를 하며 골목골목 누볐었다. 여자아이들도 같이 어울릴 때도 있었다.

　　여자들은 주로 고무줄놀이나 공기놀이 등을 했다. 그 당시 학교를 다녀오면 남자아이들은 풀 망태 메고 밖으로 나가서 개천을 찾아가 놀기에 바빴고, 여자아이들은 바구니 들고 나물 캐기와 집 안 청소 하기 등으로 대부분의 시간을 보냈다. 또한 부모님이 시키는 이런저런 잔심부름들도 적지 않았다.

　　한 무리 새 떼인 양 이리 모이고 저리 모여서 장난을 치며 즐거운 놀이로 동심을 키워 나갔다. 이러한 추억들이 다듬고 내가 살아온 삶의 한 부분을 틈틈이 글로 쓰고 있다. 그렇게 쓴 글들을 자연과 함께하는 문학을 지향하는 계간지인 '시와 늪'에 투고하여 내 나이 여든이 되던 해인 2024년 11월호에 게재함으로써 정식으로 등단했다. 당시 게재했던 작품은 『고뇌 』외 6편의 시였다. 지금까지 살아온 삶이 문학에 입문하게 된 동기다. 살아 있는 동안 시와 수필을 비롯해 시 낭송을 꾸준하게 배우는 문인이 되어야겠다고 다시 한번 다짐을 하며 걸기 가다듬는다.

– 날아 가버린 나비 –

-희망으로 승화 시키는 반전의 시학-

공석진(시인, 칼럼리스트)

희망으로 승화시키는 반전의 시학

공석진 (시인, 칼럼리스트)

1. 자아 정체성을 확립하려는 시인의 고뇌

김강연 시인의 시집 '날아가 버린 나비' 원고를 통독하면서 존재의 의미와 이유에 대하여 경험이나 체험으로 반추한 삶의 원형이 시학(詩學)에 미치는 영향에 관하여 숙고하게 된다.

시학에서 사유의 시작점은 자기 자신이다. 자아의 내면에 흐르고 있는 무의식의 원천에서 묵직하게 저변에 흐르는 사유나 관념을 상징적인 언어로, 의식적으로 서술하는 까닭에 시는 시인의 전부를 대변하고 있다. 심도 있고 끊임없는 자각에서 비롯된 시적 고뇌와 시를 접하는 독자의 갈증이 내밀하게 소통할 때 그 시는 타인에게 영향을 미치는 길잡이가 되기도 하고, 상호 간의 고통을 치유와 희망으로 승화시키는 매개체가 되는 것이다. 그 점에서 김강연 시인의 첫 시집은 성공적인 연착륙을 예감케 한다.

시인이 살아온 삶의 궤적을 짧은 몇 줄의 시로써 구현한다는 일, 시 창작 기법으로 해결될 일이 아니다. 촌철살인 같은 진솔한 자기 고백이 전제되어야 하는 것이다. 따라서 시인과 시는 결코 분리될 수 없는 한 몸이다. 시를 쓰기 전에 '나는 누구인가?'라는 질문을 던지면서 심사숙고하는 시간을 견디어야 절창의 시를 지을 수 있는 것이다. 자기 영혼의 성찰을 위하여 몸부림치는 시인의 작품을 통한 그의 의식과 대면해 본다.

먼동이 떠오르는 아침
새로운 시작으로
하루를 열며 그 길을 간다
눈부시게 밝아오는 환한 세상
삶에 지쳐 힘들도록 걸어야 했던 그날들
그 발자국들 뒤로한 채
오늘도 어제처럼 그렇게 가고 있다
팔십이 눈앞인데 두 주먹 쥐고
잡았던 것 줄이고 버리고
홀 홀 털어버리고 놓아버리니
마음이 가볍다
몸이 가볍다
정신이 맑아진다
고향 산촌 맴돌며
동그라미 그리며 사는
나는 자유인이다

- [나는 자유인이다] 전문

　　시는 시인을 투영하는 반사경이다. 독자들은 시 속

에서 보이는 시인의 사유나 의식을 유추하면서 접근한다. 작품을 보면서 작가의 생을 일치시키는 것이다. 시인의 내면과 대면한다는 건, 가슴 떨리는 일이다. 자아 존재에 관한 고뇌를 함께 공유하기 때문이다. 이 시는 평이하게 읽히지만, '나'로 상징하는 일인칭인 화자와 '자유인'을 하나로 일치시키면서 그렇게 묶어 놓은 이미지 속에서 깊은 진리가 함축되어 있음을 알 수 있다. 하루하루를 열심히 살아온 화자가 평생 갈구했던 소원은 자유였다는 것이다. 그래서 '풀 향기 살포시 안고 이곳 저곳을 춤추는 나비와 같이 그의 시집 곳곳에서 자유를 상징하는 '나비'가 자주 등장함을 알 수 있다.

사실 시는 시를 풀어가는 화자의 서술이기 때문에 '나'라는 일인칭의 사용을 제한할 필요가 있다. 하지만 반드시 쓰면 안 된다는 금기 사항은 아니다. 시인이 특별히 강조하고 싶을 때나 운율을 기본으로 하는 시의 특성상 넣을 때도 있으며, 때로는 시인이 관찰자의 시점으로 시를 쓸 때도 있기 때문에 구분하기 위한 일인칭의 사용은 허용이 된다. 이른바 '제한적 시점'이다. 시인은 진정한 자유를 갈구하는 심정이 '나는 자유인이다'라는 싯귀에서 특별히 강조하고 있는데, 금번 시집의 주요 시의 행간에서 사용되고 있음을 인지할 수 있다.

작금의 시대에서 현대인들은 조급하고 매우 탐욕적이다. 성공과 출세라는 목표를 설정하고 그 목표를 달

성하기 위하여 온갖 수단과 방법을 가리지 않는 것이다. 화자는 이 시를 통하여 삶의 부질없음을 깨우치고 있다. 화자는 부질없다는 것을 알면서도 평생을 치열하게 살아왔는데 어쩌면 그 삶은 나를 제외한 타인을 위한 삶이었기에 '나는 자유인이다'라는 외침은 공허하기까지 하다. 그 외침은 여생에 관한 다짐이기도 한 것이다. 그의 외침은 시 '나의 고백'에서 잘 드러내고 있다. '외롭습니다 / 슬픕니다 / 걱정됩니다 / 고통스럽습니다 / (중략) / 화려한 그림들도 나를 숨기기 위한 것이고 / 아름다운 글들도 나를 미화시키려는 / 나는 허상입니다 / 포장된 위선입니다 / 외롭고 슬픈 인간이라고 / 겉껍데기뿐이라고 / 그렇게 말하고 싶습니다' 시는 절규에 가까운 시인의 고백서인 것이다.

해는 저물어 저물어 걸어가는 곳
흰 머리카락 날리는 섣달로 가는 길
노을빛 황혼인가
그림자가 스며든다
끊임없이 달려왔던
추억의 발자국들

다가올 것 설명 없어도 휘감아 흔들린다
지나간 것 돌아봐도 오지 않는다
꿈결 같은 그 세월 어제 같았는데
해가 먹어버린 칠십여 년

가버린 젊은 날들
노을빛 내 인생
여기 서 있노라

- [노을빛 앞에서] 전문

　　화자는 스스로 평생 농사를 지은 사람으로 자신을 소개하고 있다. 농사는 자신이 쏟아부은 노력의 대가를 저버리지 않는 기다림의 미학이다. 느림과 인내가 저변에 흐르고 있다. 누구나 쾌속 성공을 원하지만, 화자의 인생은 극히 소박하다. 시인의 아날로그적 사고는 삶의 여백을 충실히 채워 주면서 현대인들의 정서를 한껏 편안하게 끌어올리고 있다. 시의 종장에서 기술한 '노을빛 내 인생 / 여기 서 있노라'는 젊은 날에 대한 회한을 딛고, 스스로에게 부끄럽지 않도록 최선을 다하여 살아온 자신의 생에 관한 당당한 자부심이다.

　　위에서 인용한 두 편의 시를 음미하면서 세상을 관조하면서 자아 정체성을 확립한 시인의 존재와 진정한 자아를 구축하려는 몸부림과 같은 고뇌가 있었음을 느낄 수 있다. 시인의 깨달음은 시의 행간에서 중요한 시상의 모멘트이기 때문에 매우 중요하다. 방하착(放下着), 이제 다 내려놓고 싶어 하는 시인의 자화상은 지나간 생에 대한 집착이 아닌, 남은 생을 희망으로 구축하려는 진솔한 담론이다.

2. 물질문명에 경종을 울리는 전원문학

　　보통의 우리들은 산업화에 밀려 대부분 고향을 떠나 도시로 진출해 의도치 않은 실향민으로 살아가고 있다. 그런 인위적인 실향은 전원생활을 그리워하는 결정적인 동기를 부여한다. 그렇게 탄생한 문학이 전원문학이다. 인간이 때 묻지 않은 자연 상태에 존재할 때 도덕적으로 가장 선하다는 원시주의(原始主義)도 전원문학과 그 의미를 같이한다.

거두어들인다는 뜻은 서두른다는 뜻도 된다
입추가 지나면 짠물 콧물로 절였던 여름은 가고
가을은 또 농부들의 곁에 머무르며
알찬 곡식의 가을걷이로
춤을 추어 보라 하겠지
아직도 흙을 뒤적이는 농부의 심전에는
거두어들일 게 많다
내년 봄에 뿌려 보지 못한 씨앗들 그대로인데
무심한 세월 벌써 가을을 보내왔으니
바쁜 일손 더 바쁘게 움직이라는 말인가
뿌린 대로 거둬들이라는
더 냉철 한뜻인지도 모른다
황금물결 누비는 들녘은 희망찬 가을로
보람 있게 맞이하고 싶다
얼룩진 피땀의 보답으로 이 가을을 받아들이며

살찐 행복으로 멋지게 춤을 추며 노래하고 싶다

- [거두어들이다] 전문

　　예부터 "농자천하지대본 (農者天下之大本)"라 하여 '농사를 짓는 것이 하늘의 땅의 대 근본이다'라고 하였다. 우리 민족에게 있어서 흙은 삶 그 자체였다 결코 경시해야 할 대상이 아니었다. 전원문학은 그 점에서 발원하는 문학이다. 일찍이 공자(孔子)는 식(食), 병(兵), 신(信) 셋 중에서 군사(兵)보다 더 중요한 것이 백성을 배불리 먹이는 식(食)이라고 하여 군사력보다 농업을 기반으로 하는 식량안보를 중요시하였다. 자연을 바탕으로 덕을 중시하던 요임금과 순임금의 시대를 동경하였고, 맹자는 그런 공자가 재상을 지내던 시절을 그리워하였다.

　　이렇듯 자연과 가까이 생활하던 어릴 적 시절이나 예전의 전원생활이나 농어촌의 삶이 훨씬 서정적이고 인류적이라고 보는 시각은 더욱 발전되는 물질문명과 비례하여 더욱 커지는 것이 정설이다. 시인이 농부로서 추수라고 하는 거두어들이는 행위는 소중한 땀의 대가로서 충분히 춤을 추며 노래를 부를만한 가치를 향유하고 있다.

　　그러나 그 가치는 김강연 시인의 "농촌은 지금'이라는 시에서 하락과 퇴보를 탄식하고 있다. '전설처럼 내려온 땅 / 지금은 묻혀가는 적막의 강산 / 한민족의 전설이 주저리주저리 얼과 혼으로 매달렸던 곳이 / 현실로 바뀌고 문명의 발달로 사라져간다 / 순박한 터전으로 행복을 추구해 왔었는데 / 별처럼 부지런하고 흙처럼 진실된 삶이 / 변천의 시대로 고개를 숙였다 / 농촌은 지금 젊은이도 떠나고 아이들 울음소리도 그쳤다 / (하략)' 시인의 한탄은 황폐해져 가는 정서로 인한 우리 모두의 한탄인 것이다. 시인은 추수에 만족하지 않고 농촌 전반에 관하여 고민하는 심상을 시로 구현하면서 독자들에게 바로 그 안타까운 지점을 인식시켜 주고 있다.

새벽 맑은 길에
심호흡 한껏 들이켜고
마음을 열어젖힌다
들러 메고 나간 땅
삽으로 두들기며 온몸 던져
한 해를 땅에 묻고 주워 담으려 한다
뿌리고 가꾸어 가는
정성 계절 따라
거둬들이는 분주한 시간 들
농심의 본능일까
어깨에 메고 손에 들고
한 해를 채워 간다
지친 몸이 결실로

토실토실 살이 찌고
마음 쏟아부은 열정이
한 계절 한 계절 부활시킨다

- [부활시킨 농심] 전문

　　농부로서 시인이 지향하는 철학은 종교와 다를 바
없다. 위에서 인용한 여러 편의 작품에서 김강연 시인의
신념은 확고부동한 자의식으로 자리잡고 있다. 농심은
결코 외부의 어떤 것에 의존하지 않는 완전하게 자기
충족적인 존재인 것이다. 따라서 농심은 영원불변한다.
결코 시대의 변화에 영향을 받지 않으며, 본성은 한 번도
변한 적이 없다. 하나님의 섭리와 같은 농심은 시에서
시인은 부활이라고 했듯이 늦었지만 신탁하여 거듭 생
성되어야 하는 것이다.
　　자연주의, 생태주의 시인으로서 농촌과 자연을 상
징하는 전원시의 대가이며, 자연 속에서 안빈낙도하는
삶을 살았던 도연명 시인은 청정한 무위자연과 농촌의
한적한 정취와 자기 유유자적의 삶 속에서 유연 자득한
심경을 묘사하면서 자신의 세속과 명리를 초월한 무념
무상을 반영하여 전원시를 창작하였다. 김강연의 시도
자연 속에서 발현하는 진솔한 감정이다. 시인은 자신의
시 '문패'에서 '농촌 지도자의 집 김강연'이라고 자랑스
레 밝히듯 그의 활동 무대는 소박하나 그의 몸짓은 자

유로이 하늘을 비상하는 나비처럼 춤을 추고 있다.

몇 년이고 이어져 온 어제 같은 오늘이 나를 부른다
푸른 하늘 밑 넓은 들녘
활동의 무대
아 꿈엔들 잊으리오
아프게 가버린 세월
들녘 넓은 벌에 내민 그리움 소박한 꿈을 심었었다
오늘도 꿈 여기에 잡고 풀밭에 앉는다
생명줄 같은 고향 땅 어머니 가슴속 같은 초록 바다
풀향기 살포시 안고 이곳저곳을 춤추는 나비

- [나의 들녘] 전문

   3. 슬픔을 딛고 희망을 노래하는 서정

   전반적인 김강연 시인의 시는 슬픔을 바탕으로 한다. 행간에서 보이는 슬픔은 아내와의 이별이 원인이지만 극진한 아내에 대한 사랑을 인간 사랑으로 승화시키면서 그 슬픔은 의미가 작지 않다. 그렇게 시인의 시의 근간은 인간 사랑이다. 휴머니티는 작가와 독자가 상호 교감과 소통을 원활하게 하는 결정적인 동기 부여다. 시인은 본인의 슬픔을 풀어내고 있지만 독자는 자신의 아픔으로 받아들이면서 자신의 치유는 물론, 독자들에게 위로의 메시지를 전달하는 것이다. 극도로 함축된

시인의 의식은 독자들의 가슴에 안착하여 봄눈 녹듯 서
서히 스며들고 있다.

산촌 높고 깊은 곳 고남산 자락
촌색시 시집와서 부부 되었네
한 가정 꾸려가는 험난한 세상
풍상 헤치는 가난
고운 얼굴 가녀린 몸매
선함과 착함으로 내세운 몸부림
가지가지 고통 매달고
망가져 가는 몸뚱어리
이기지 못하고 쓰러진다
젊은 날의 호소 39세
실낱같은 생명줄 기운 빠져나간
식물인간 설움 겹도록
목숨줄 이어가기 위해 기대는 당신
슬픔 끌어안고 혼신이 일체 불어넣은 정성
당신은 내가 되고
나는 당신이 되어 봅니다
한숨과 서러움 속에서

- [눈물의 정체] 전문

　　시인이 '슬픔을 끌어안고'라고 표현했듯이 우리는
슬픔을 외면하지 않고 각자의 슬픔에 완전히 젖어 들

때에 슬픔이 더 이상 절망에 머물지 않고 희망을 엿볼 수 있다. 시 '눈물의 정체'는 시인의 견고한 슬픔이라고 말할 수 있다. 그러면 슬픔은 어디에서 기인하는가 눈물로 상징하는 이 견고한 슬픔의 정체는 무엇인가.

생명줄 부여잡고 죽어가는 그대
간절한 소망 살아나소서
고통과 슬픔의 정체 견디어 온 인내
뼈를 깎는 아픔 바라보는 저승길
한숨의 고비 위기의 연명이 순간도 행복이다
심장 뛰고 눈뜨고
감격의 기쁨 이것도 행복이다
죽음에서 깨어나 바라볼 수 있는 눈길
위기를 넘어선 고비 천만다행이다

– [이것도 행복] 전문

고통과 슬픔도 희망이 있기 때문에 인내할 수 있는 것이며, 그 과정을 견디고 난 후의 행복감은 더욱 배가 될 수밖에 없다. 아내의 아픔 그리고 떠남과 부재는 '나'를 수시로 슬픔에 가두고 있지만 '나'는 슬픔에 머물지 않고 있다는 점에서 슬픔의 단어들만 조합한 천편일률적인 시상에서 벗어나는 것이다. 그런 다행스러운 결말은 독자들에게 안심케 하는 원인이고, 애초에 스스로를 위로하고자 했던 시인의 메시지는 독자들에게 그 위력

을 발휘한다. '아내 떠난 자리 / 유품들과 서성이는 그
림자 / 혼자 산다는 것에 / 외로움이 허전함이 가슴 /
쓰리도록 아프다 / (하략)' 시 '아내를 보내고'에서처럼
시인은 아내를 떠나보내고 혼자 남지만 그건 관계의 단
절이나 끝이 아닌 것이다.

걸어온 길 모르듯 갈 길도 알 수 없지만
황혼이라는 글자를 새겼다
어디쯤 왔을까 뒤돌아보지만 알 수가 없다
삶의 깊이 얼마나 넓고 컸을까
힘 다하여 열심히 살아왔을까
마음 다 하여 사랑했을까 의문의 꼬리가 문다
눈에 들어온 모든 것들 매달고 붙잡아 끌었던 순간들
지나간 추억뿐이다
그렇게 흘러온 것처럼 흘러가고 있는 나
황혼의 길 중심에서 그저 오늘이 있어
내일을 바라볼 뿐이다
내일도 아름답다 생각하며
그렇게 믿어가며 즐겁게 걸어가자

- [황혼을 맞이하며] 전문

이 시는 시인의 슬픔이 모티브가 되었을 것이다. 자신이
극한의 슬픔을 견디며 체험했던 아픔이기 때문에 뜻밖
의 반전 시를 쓰면서 마무리할 수 있는 것이다. 좋은 시

는 시 창작 기법에 충실한 시가 아니다. 진솔한 고백을 바탕으로 독자와의 상호 위로와 환호라는 공감이 필수다. 그런 점에서 김강연의 시는 슬픔 속에서 자신을 가두는 것에 그치지 않고 오히려 희망의 메시지를 준비하면서 그 가치를 더하는 것이다. 그렇게 좋은 시가 되기 위해서는 공감의 파장과 반전의 스펙트럼을 넓혀야 한다. 만약 이 시집이 슬픔에서 시작하여 슬픔으로 끝났다면 그 감동이나 위로는 없었을 것이다.

화자의 슬픔을 추적하다 보면 화자의 확고한 소명 의식과 조우 하게 된다. 우여곡절의 상처를 안고 세상에 선보이는 김강연 시인의 시는 세상의 상처를 어루만지는 역할을 감당함으로써 희망의 길로 가는 이정표가 될 것이다. 시집 '날아가 버린 나비'는 그 담담하고 소중한 기록이다.

날아 가버린 나비

김강연 시집

초 판 인 쇄 | 2025년 5월 25일
발 행 일 자 | 2025년 5월 30일
지 은 이 | 김강연
펴 낸 이 | 김연주
펴 낸 곳 | 도서출판 성연
등   록 | (등록 제2021-000008호)경남 창원
홈 페 이 지 | https://cafe.daum.net/seongyeon2021
사 무 실 | 창원시 성산구 대원로 27번길 4(시와늪문학관 내)
디 자 인 | 배선영
편 집 인 | 배성근
대 표 메 일 | baekim2003@daum.net
전 자 팩 스 | 0504-205-5758
대 표 전 화 | 010-4556-0573
정   가 | 20,000원
제 어 번 호 | 979-11-991649-1-8(03800)

☯ 저자와의 협약으로 인지를 생략합니다.
☯ 이 시집의 전부 또는 일부를 재사용하려면 반드시 지은이와 도서출판 성연에
   동의를 얻어야 합니다.
☯ 본 지는 한국간행물 윤리위원회의 윤리강령 실천 요강을 준수합니다.
☯ 파본 된 책은 교환해 드립니다.

이 도서의 출판 예정 도서 목록(CIP)은 979-11-991649-1-8(03800)
국립중앙도서관 서지정보유통지원시스템 홈페이지(http://seoji.nl.go.kr/)와
국가자료목록시스템(http://www.nl.go.kr/kolisnet)에서 이용할 수 있습니다.